冥王星

Somewhere Out There

陳弘洋

目次

角色

林美靜

女，十四歲，國中二年級，生理性別女性，心理性別男性。

林士豪

男，十四歲，國中二年級，生理性別男性，心理性別女性。

場景

廢棄的房子，裡頭有一張圓桌，兩張木椅，所有家具都很斑駁。上舞臺牆壁處有一面直立的鏡子。左舞臺處有一扇窗，窗戶旁有一道門。屋內沒有光源，照明全倚靠窗外透進來的自然光，並隨著演出到尾端，整個場域越來越暗。

觀眾進場，林美靜一人躺在地板上睡覺，林士豪躺在她身邊，睜大著雙眼。兩人都穿著國中制服，額頭上都有一小塊紅腫。

觀眾進場完成，火車聲進，林士豪整個人彈起身，摀起耳朵，蜷縮在地板上，渾身發抖。

火車聲結束，場上安靜，林士豪雙手緩緩離開耳朵，抬起頭，焦慮地看著前方。

林士豪走出門。場內只剩林美靜一人，她繼續躺在地上，翻來覆去一陣子後，她醒了，她揉了揉雙眼看看屋內，發現林士豪不在，馬上從書包裡拿出手機，不停打電話，打到第三通的時候，從門外傳來了手機鈴聲，鈴聲跟著林士豪一起進場。

林美靜　去哪？

林士豪　尿尿。

林美靜　（頓）我還以為你怕了。

停頓。

林士豪　怕什麼？

林美靜　曷知（áh-tsai）。

兩人席地而坐。

沉默。

林美靜　還會暈喔？

林士豪　一點點。

林美靜　那……再試一次？

林士豪　（頓）嗯……好吧……再試……（頓）可是……這次可以輕一點嗎？（頓）你每次都撞好大力。

林美靜　是你太弱了。（頓）起來！我們再來一次。

林美靜起身，伸出手將林士豪一把拉起。兩人面對彼此，各自往後退了兩三步。林士豪低著頭。

林美靜　好沒？

林士豪　嗯。

林美靜　那我數三二一喔。（頓）三、二——

林士豪　（打斷）等一下，我還沒準備好。

林美靜　吼，又來。

林士豪　等我一下嘛！

林美靜　再給你十秒。（頓）十、九、八、七——

林士豪　（打斷）我準備好了。

林美靜　你確定？

林士豪　嗯！

林美靜　那要來了喔？

林士豪　好。

兩人同時深吸了一口氣。

林美靜　三、二、一。

兩人衝向彼此，因為前幾次對撞的疼痛還沒平復，僅頭對頭輕輕碰了一下。

林士豪　痛、痛……怎麼這麼小力還這麼痛。

林美靜　之前撞太多次了啦。

沉默，兩人各自用手揉著額頭。

林美靜　有嗎？

林士豪　（站起身，測試性地走來走去、摸自己的身體）沒有，還是一樣。

林美靜　爛死了。

林士豪　這樣真的有用嗎？

林美靜　不然你還有更好的方法嗎，林、美、靜。

林士豪　（頓）沒有。

林美靜　（頓）一定有什麼地方不對。

林士豪　哪裡？

林美靜　會不會……是我們撞不夠大力？

林士豪　我額頭都腫起來了耶！再用力就要流血了啦！

林美靜　你想不想成功嘛？

林士豪　想啊！

林美靜　那就痛一下又不會怎麼樣，等我們成功就爽了。（頓）來，再撞一次！

林士豪　這麼快？

林美靜　不然呢？等到你去外面被人家打死再回來撞嗎？

林士豪　好啦……你不要這麼兇嘛。

林美靜　我哪有兇。（站起身）來吧，就準備姿勢。

林士豪 什麼？

林美靜 對撞隊形！快。

林士豪 你好奇怪。

林美靜 你很正常嗎？快點啦，再一次。

林士豪 ……好啦、好啦。

兩人再次呈現面對面隔幾步距離的狀態，林士豪依然低著頭。

林美靜 我要數了喔。（頓）三、二、一！

兩人向前衝，頭撞在一起，力道更甚第一次。

林美靜　幹！好痛。

林士豪　不要說髒話。

林美靜　幹、幹、幹！痛死了啦！幹！（頓）怎樣，有用嗎？

林士豪　（摸摸自己的身體）好像……還是沒有……怎麼辦。

林美靜　幹，我阿姨明明說過這樣可以的。

林士豪　你阿姨在騙你啦。

林美靜　怎麼可能，她說她自己就是這樣做的啊。

林士豪 那她有成功嗎？

林美靜 廢話，當然有。

林士豪 所以她是跟誰換？

林美靜 你管很多欸！這很重要嗎？

林士豪 問一下嘛，奇怪。

林美靜 （頓）我覺得……一定是我們自己的問題。

林士豪 什麼問題？

林美靜 我不知道啦！

沉默。

林士豪 那、現在……？

林美靜 只能再試試其他方法了啊。

林士豪 都試這麼多次了，感覺是真的沒辦法了。

林美靜 （頓）我想到了，我們還沒試過打雷啊！

林士豪 （頓）這幾天根本就不會下雨。

停頓。

林美靜 我不知道了啦！每次都是我在找、我在想，你什麼屁都沒做。

沉默。

林美靜　其實……是還有一個辦法啦……。

林士豪　什麼？

林美靜　就……之前跟你講的那個啊。

林士豪　林士豪！

林美靜　怎樣？

林士豪　你是真的想要那樣？

林美靜　不然我們還能怎麼辦？

林士豪　可是……如、如果沒有成功呢？我們可能會變成小狗或小豬欸。

林美靜　當豬狗都比現在這樣好。（頓）不管啦，要不要一句話啦。

林士豪　（頓）我不知道。

林美靜　我阿姨說這樣一定會成功的啦，她真的不會騙人。

林士豪　真的嗎？

林美靜　真的！

沉默。

林美靜 你自己想想你之前跟我說的話吧。

林士豪 什麼？

林美靜 你的夢想啊。

林士豪 那是以前。

林美靜 你現在就不想嗎？（頓）你難道不想——

林士豪 （打斷）你讓我思考一下嘛。

林美靜 （頓）你等我一下。

林美靜衝出門，留下林士豪一人在場內疑惑著，他走去把門關起來，然後在場內來回踱步。

林士豪呆站了一下，從口袋裡拿出手機，他的手機非常陽春無任何APP功能。他用手機撥號。

林士豪 喂……老師，聽到電話可以打給我一下嗎？有很重要的事。……美靜、美靜的事，她可能會出事情，還是……你直接來我家那條路上的廢棄大樓好嗎？……掰掰。

林士豪的電話突然響了，他被嚇到，然後慌張地把電話接起來。

林士豪 喂，媽……在小靜家……食了（tsiah-liáu）……好、

會、會趕緊（ē kuánn-kín）……我昨天有跟你……對不起……好，七星一包（tshit-tshenn tsit pau）、臺啤一手（tsit-tshiú），對嗎？……對不起……嗯，好（hó）、我知影（guá tsai-iánn）……再見。

林士豪把電話掛掉，慌忙地從書包裡拿出筆記本。他從筆記紙撕了一小角下來，在上面寫字，寫完後他把紙放在桌上，離場。他打開門的時候，剛好撞到提著一大袋東西的林美靜。

林美靜　去哪？

停頓。

林士豪　上廁所。

林美靜　剛不是上過了？

林士豪　尿急。

林美靜　你先等一下。（把門關上，把林士豪牽近桌旁）看看我拿了什麼。（邊從袋子裡拿出一小罐安眠藥、一張ＣＤ和一臺小型ＣＤ播放器邊說）安眠藥、ＣＤ和CD Player。（拿起桌上那張紙條）這什麼？

林士豪　你拿這些要幹麼？

林美靜　你什麼意思？

林士豪　（頓）什麼？

林美靜　（讀紙條）我先回家了，祝你順利……這什麼鬼啊？

林士豪　就……沒有啊。

林美靜　你到底要逃避多久啊林士豪。

林士豪　欸、不是說好了在這裡我是林美靜、你是——

林美靜　（打斷）你沒有資格當林美靜了！掰掰。

林士豪　你幹麼啦。

林美靜　我不懂你欸。你到底還要逃避多久？

林士豪 我哪有在逃避。我只是不知——

林美靜 （打斷）這就是逃避。

林士豪 你不要每次都學大人講話好不好？自以為喔。

林美靜 我這叫成熟，好嗎？

林士豪 我要走了。

林美靜 掰。（頓）等你之後被人家打死我再去幫你上香。

林士豪 我死了也不關你的事。

林美靜 嗯。

沉默。

林士豪　所以……你真的要——

林美靜　（打斷）不關你的事。

林士豪　（頓）再想一想吧。

林美靜　想什麼？

林士豪　你這樣一個人……真的會有用嗎？

林美靜　不管怎樣都比現在這樣好。

沉默。

林士豪 你家不是很有錢嗎？不然我們之後一起去做手術啊，怎麼樣？

林美靜 之前那個許程偉是怎麼叫你的……沒雞什麼的。

林士豪 （頓）沒雞男。

林美靜 對啦！Maggie。

林士豪 你講這個幹麼。

林美靜 你真的覺得做完人家就不會笑你了？變性人、死人妖……這樣有比較好？

沉默。

林士豪 再給我幾天。

林美靜 我不要。

沉默。

林士豪 為什麼一定要今天？

林美靜 你要走就趕快走啦，不要在那邊屁話一堆。

林士豪 你先跟我說。

林美靜 今天不做明天就不會做了啦。

林士豪 那就不要做啊！

林美靜　我不要。

林士豪　為什麼？

林美靜　我就不要嘛，你真的管家婆耶。

林士豪　你不說我就不走。

林美靜　好啊，你不走最好啊。

林士豪　（頓）快說啦。

林美靜　我就不想再回家了嘛。

林士豪　為什麼不要，你家明明就很好。

林美靜　你懂個屁啊。

林士豪　不要說髒話。

林美靜　我家一點都不好！好嗎？

林士豪　你敢跟我家比嗎？

林美靜　（頓）不敢。

林士豪　那就對啦。

林美靜　（頓）倒是……你為什麼一定要走，你說說看啊，膽小婆。

林士豪　我……我就……我就還不知道嘛。

林美靜　（頓）你真的要回去？先說好，我不會再幫你擦藥了喔。

沉默。

林美靜　唉，我不多說了啦，你自己好好想想別人是怎麼對你的吧。（頓）你可是還有五、六十年甚至是七、八十年要活喔。（頓）你、你覺得你會快樂嗎？我是不會啦。

林士豪　你每次裝大人都好討厭。

林美靜　要不要隨便你。

林士豪　我……我真的不知道啊。

沉默。

林美靜 不然……你先陪我，之後要不要再說。

林士豪 陪你什麼？

林美靜 （頓）自殺。

停頓。

林士豪 我不敢啦。

林美靜 不敢個屁。啊……不然等到真的要去死的時候你再自己走掉嘛。

林士豪　我……。

林美靜　陪我。

林士豪　（頓）好啦。（頓）所以，這些是什麼？

林美靜　（從包包裡拿出一張紙）你看。

林士豪　（接過紙，開始讀）自殺前要做的事……？（頓）這什麼？

林美靜　我在我姊房間裡面找到的。

林士豪　這好奇怪喔。

林美靜　你才奇怪！

林士豪　所以……你打算都做完嗎？

林美靜　當然。

林士豪　（讀紙上的字）哭最後一次、跳最後一次舞、親一個人……呃……你是要親……我嗎？

林美靜　你以為喔。（頓）要不要陪一句話啦。

林士豪　誰說要陪你了？

林美靜　你剛剛說的。（頓）好啦……快啦。（頓）林、美、靜。（頓）林……士——

林士豪　（打斷）好啦！你每次都用這招。（頓）所以，你真的——

林美靜　（打斷）對啦、煩死了，問、問、問！

林士豪　那你爸媽怎麼辦？

林美靜　他們才不在乎。

林士豪　你怎麼知道？

林美靜　我就是知道。（頓）你廢話真的很多欸，長舌婦。

林士豪　我只是覺得要再想清楚一點嘛。

林美靜　你想想看，如果你今天跟我一起走，我們之後就可以交換了，這樣不是很屌嗎？

林士豪　但……如果不成功呢？

林美靜 沒那麼多如果啦。而且……而且就算不成功，也一定比現在這樣好啦。

林士豪 那……你打算怎麼做？

林美靜 我從我媽那拿了一罐安眠藥，吃完就會睡著，而且根本不會痛，猛吧。

林士豪 （頓）真的……不會痛嗎？

沉默。

林士豪 欸，林士豪。

林美靜 怎樣？

林士豪 如果，我是說如果，如果我真的要死的話，我想……

先寫一張遺書。

林美靜 有什麼好寫的？

林士豪 我不想讓我媽把我豬公裡面的錢拿走。

林美靜 是有很多錢一樣。

林士豪 七千八百九十一元。

林美靜 （頓）你哪來這些錢？

林士豪 （頓）我偷的。

林美靜　從哪偷的？

林士豪　從我媽那裡。

林美靜　那樣才不算偷咧。

林士豪　但我媽如果發現了一定會把我打死。

林美靜　所以，你要給誰？

林士豪　給公民老師吧。

停頓。

林美靜　你給他幹麼啦。

林士豪　為什麼不行？

林美靜　你是智障還是白痴啊？

林士豪　怎樣啦？

林美靜　他這樣對你欸。

林士豪　可是……我……我只是覺得……他——

林美靜　（打斷）怎樣？

林士豪　不然我要給誰？

林美靜　隨便一個人都可以，就是不要給他，不然……給小黃啊。

林士豪　不行！我媽一定會把錢全部拿去買酒。（頓）不然，你的錢要給誰？

林美靜　我沒差，我不在乎，誰要拿就拿去，錢很重要嗎？

林士豪　很重要啊。

林美靜　有錢又怎樣？家這麼大還不是沒人。

林士豪　至少比我好吧。

林美靜　是啦⋯⋯。

沉默。

林美靜　你記不記得以前我都會騙我媽說我很餓，然後多拿錢買東西給你？

林士豪　記得啊，蘋果麵包，有時候還有便當。（頓）幹麼突然講這個？

林美靜　突然想到的。

沉默。

林士豪　我覺得……還是寫一下比較好。

林士豪從筆記本撕了一張紙，開始寫字。

林美靜　你真的要給公民老師喔？

林士豪　不然也不知道要給誰了啊。

林美靜　隨便。

林士豪　可是他就真的對我很好啊。

林美靜　你真的很單純欸不是我在說。

林士豪　我知道啦。

林美靜　知道什麼？

林士豪　就你說的那些啊。

林美靜　那你幹麼還對他這麼好？

林士豪　因為，就真的只有他對我這麼好啊，又不能給你，對不對？（頓）還是分兩千給小黃好了，叫老師定期買飼料給牠……另外，還要把兩千塊給學校的那隻兔兔，雖然，牠真的滿臭的。

林美靜　好啦、隨便你啦、隨便你，你開心就好。

沉默。林士豪繼續寫字。

林士豪　寫完了。接下來呢？

林美靜　我看一下喔，（把桌上另一張紙條拿起來）先哭、再跳舞，然後——

林士豪　（打斷）還是我們再撞一次？

林美靜　還來啊？

林士豪　最後一次嘛。

林美靜　沒用的啦。

林士豪　這次我們把衣服換過來，說不定就會成功了。

林美靜　怎麼可能。

林士豪　真的啦，我們要讓祂知道我們的誠意。

林美靜　誰？

林士豪　神啊。

林美靜　（頓）神會幫助我們嗎？

沉默。

林士豪　就再試試看嘛。

林美靜　（頓）好啦。（開始脫身上的衣服）可惜我姊衣櫃裡的衣服都被清掉了，不然我可以……（發現林士豪沒有動作）你幹麼？快啊！不是要換？

林士豪　你轉過去啦，不要看。

林美靜　是有差喔？

林士豪　快點啦。

林美靜　（轉過身背對林士豪）好啦！我脫好放地板上你自己拿。

林士豪扭捏而緩慢地把衣服脫掉，他的身上充滿各種傷痕。

林美靜　好了沒啦，很慢欸。

林士豪　好……好了，我放地板上。

林美靜突然轉身，林士豪瞬間尖叫並且整個人蹲在地板上。

林美靜　你會不會太誇張。

林士豪　走開……不要看。

林美靜　（把林士豪的左手抬起來，看見他手臂上的傷口）她昨天又打你？

林士豪點頭。

林美靜　幹，你媽真的很廢物欸。（頓）會痛嗎？

林士豪　（把手抽開）你不要看啦。

沉默。

林美靜　以後……就沒有人可以幫你擦藥了。

沉默。林美靜看著林士豪身上的傷口，林士豪轉頭正對著她的胸部。

林士豪　有沒有人跟你說過一件事？

林美靜　什麼？

林士豪　你胸部，真的滿大的。

林美靜　幹！白目喔。

林士豪　我可以戳戳看嗎？

林美靜　無聊喔。

林士豪　拜託啦。

林美靜　（頓）好啦。

林士豪　（戰戰兢兢地伸出一根手指去戳林美靜的胸部）啊！

林美靜　叫什麼啦？

林士豪　好噁心喔。

林美靜　噁心你還碰。（頓）那……我也可以戳你雞雞嗎？

林士豪　不行。

林美靜　為什麼？

林士豪　不行就是不行，好了你快點轉過去，我要穿衣服了。

林美靜　是有差喔？

林士豪　轉過去啦。

林美靜　喔。

林美靜轉過身。

兩人各自安靜地穿上衣服。

林美靜　好了嗎？

林士豪　等一下。（整理身上的衣服）好了。

林美靜轉過身看著林士豪，不說話。

林士豪　好看嗎？適合我嗎？

林美靜　（頓）很好看。

林士豪　真的？

林美靜　真的。（把林士豪拉去鏡子前面）不信你自己看。很漂亮吧？

林士豪　嗯。

林美靜　你等我一下。（從袋子裡拿出一頂假髮）看我帶了什麼。

林士豪　你怎麼會有這個？

林美靜　我從我媽那幹來的。

林士豪　你媽怎麼會有這個？

林美靜　她的頭髮都被她抓掉了。但，這不是重點啦，快！把這頂戴上。我幫你。啊！你眼睛先閉起來。

林士豪　幹麼？

林美靜　先閉起來啦。不管怎樣都不可以睜開喔。

林士豪　喔。

林士豪閉上眼睛，林美靜把他的身體轉成背向鏡子，幫他戴上假髮。接著，她從袋子裡面拿出腮紅，幫林士豪上妝。粉撲一碰到林士豪的臉，他就馬上彈開並且把眼睛張開。

林士豪 你在幹麼啦？

林美靜 眼睛閉起來，不准睜開。

林士豪 我會怕啦。

林美靜 一下子而已，就一下子。

林士豪 好啦……（把眼睛閉上）你、不要太大力喔。

林美靜 白痴喔，我又不是要打你。

林美靜繼續幫林士豪上腮紅。

火車聲經過，林士豪馬上用手摀住耳朵然後蹲下，林美靜用力緊抱著他。

林美靜　不要怕……不要怕。（用手摸摸林士豪的頭）沒什麼好怕的……我在這裡喔……沒什麼好怕的……沒有人會過來。

火車聲離開，林士豪頓時失重般倒在林美靜身上。

林美靜　還好吧？

林士豪　嗯。

林美靜　沒想到你到現在還是會怕。

林士豪　（頓）昨天……昨天，也還是這樣。

林美靜　幹！真的是很……沒關係，在這裡你不用怕。我會保護你。

林士豪　我可以跟你講一件事嗎？

林美靜　什麼？

林士豪　（頓）你的胸部好軟喔。

林美靜　幹！白痴喔。

林美靜用手狂打林士豪。

林士豪 好啦不要打啦，我開玩笑的……欸，會痛啦。

林美靜 看你以後還敢不敢亂對女生開玩笑。

林士豪 你又不是女生。

林美靜 不然你是嗎？這不是重點。（頓）好啦眼睛閉上，快好了。

林士豪 好久喔。

林美靜 閉嘴。

林美靜繼續幫林士豪畫腮紅，畫完後她走去拿袋子裡的東西。

林士豪 你去哪？

林美靜 沒去哪啦，拿個東西而已。（頓）你真的很膽小欸。（從袋子裡面拿出一支口紅，走向林士豪）我回來了啦！膽小鬼。

林美靜幫林士豪畫口紅。

林士豪 好了沒？

林美靜 你不要動，會歪掉。

林士豪　很久——

林美靜　（打斷）閉嘴！再一下啦！快好了。（繼續幫林士豪畫口紅）好……了。

林士豪　那，我可以睜開眼睛了嗎？

林美靜　不行。再等一下。

林士豪　吼——很黑啦。

林美靜　（把林士豪的身體轉面對鏡子）我數到一才可以睜開喔，一百、九九——

林士豪　（打斷）快一點。

林美靜　好啦，五、四、三、二、一，睜開。

林士豪把眼睛睜開，看著鏡中的自己。

林美靜　怎樣，不錯吧？（頓）沒想到你化起妝還滿好看的。

林士豪　好漂亮。

林美靜　要不要臉，說自己漂亮。

林士豪　就真的很漂亮嘛。

林美靜　好啦，很漂亮好嗎！大、美、女。

林士豪　那，我也要幫你化妝。

林美靜 我不要。我這樣就很帥了。

林士豪 這樣不夠啦。

林美靜 夠了啦。

沉默。兩人看著鏡子裡的林士豪。

林士豪 真的很漂亮厚？

林美靜 漂亮。你很適合。

林士豪 你不會覺得很可惜嗎？

林美靜 可惜什麼？

林士豪　我當女生多好。

林美靜　我當男生一定也超帥的好不好。

林士豪　還好吧。

林美靜　你也沒多美啦。

林士豪　你很賤欸。

林美靜　好啦很美，是要說幾次。（頓）你應該穿去給許程偉看的。說不定他會愛上你。

林士豪　誰要他愛啊。

林美靜　會不會他其實暗戀你啊？

林士豪　怎麼可能。

林美靜　不然他幹麼一直跟你說話。

林士豪　那不叫暗戀好嗎？

林美靜　我覺得有可能。

林士豪　有人會把暗戀對象關在廁所裡一整節課，然後找很多人來倒水在他身上嗎？

林美靜　他真的這樣做？

林士豪　不然咧？

林美靜　我以為你之前是在開玩笑。

林士豪　這又不好笑。

林美靜突然起身抱住林士豪。

林士豪　幹麼？

林美靜　給你溫暖啊。

林士豪　謝謝喔。但這還不是最慘的。

林美靜　還有？

林士豪　很多。幾乎每天吧。

林美靜　你到底是怎麼活下來的啊？

林士豪 不然我還能怎樣？他們還把我的書包整個丟到水池裡面，我花好久才把筆記本吹乾。

林美靜 是我上次看到那本很皺的筆記本？

林士豪 對。我爸送我的那本。

林美靜 但你後來不是沒找到鑰匙？

林士豪 我自己把它撬開了。

林美靜 白痴。

林士豪 你不要一直說這種話好不好？你這樣跟那群臭男生好像，好討人厭。

林美靜　至少我是香的，我是香男生。

林士豪　如果我跟你一樣就好了，就不會被別人欺負了。

林美靜　像我這樣哪裡好？

林士豪　至少大家都很喜歡你啊。

林美靜　最好啦。那些男生超討厭我的好不好。

林士豪　是喔，你都沒跟我講。

林美靜　講這個幹麼，又不能怎樣。

林士豪　但至少他們不會欺負你吧。

林美靜　他們都裝作完全看不到我，也不跟我說話，這樣有比較好嗎？

林士豪 我希望他們全部被車撞死。

停頓。

林美靜 這個詛咒不會太狠嗎？

林士豪 我不管，他們以為他們是誰，有什麼資格欺負別人。最好全部去死一死算了。

林美靜 你最好出去這裡也敢講這種話。

林士豪 我……不敢。

林美靜 臭卒仔（tshàu tsut-á）。

林士豪 你才臭卒仔。

林美靜 你是臭卒妹。

林士豪 你孫淑媚啦。快點啦，來、我幫你化妝。

林美靜 不需要。（頓）來吧！起來！

林士豪 來什麼？

林美靜 撞啊！不然我們幹麼要換裝，你腦袋有洞喔？

林士豪 你很臭卒仔欸。

林美靜 還好吧。好啦、快撞。呈對撞隊形！

林士豪　對撞隊形！

林美靜　這次要超級大力！

林士豪　超級大力！

兩人再次呈現面對彼此隔幾步距離的隊形。

林美靜　好了嗎？

林士豪　好了。

林美靜　那我要數了喔。

林士豪　嗯。

林美靜　三、二、一，預備……撞！

兩人低著頭衝向對方，對撞，作用力讓兩人跌坐在地，林士豪的假髮被撞掉。

林士豪　我的頭髮……。

林美靜　好痛！幹。

林士豪　幫我戴回去。

林美靜　等一下啦，頭很痛、痛。

林士豪試圖把假髮戴回頭上。

林美靜　就叫你等一下了厚。

林美靜走去幫林士豪戴好假髮。

林士豪　謝謝。

林美靜　這麼急喔？

林士豪　（頓）沒、沒有啦。

林美靜　有用嗎？你覺得？

林士豪　（試探性地摸自己的身體）好像……還是沒有。

林美靜　幹！好煩。

林士豪　真的！好煩。

沉默。

林美靜　那現在……？

林士豪　就那樣吧。（頓）要先做什麼？

林美靜　（從桌上拿起紙條）第一件事，再哭最後一次。（頓）這好奇怪。

林士豪　那要做嗎？

林美靜　做吧。

林士豪　好。

沉默。

林士豪　要怎麼開始？

林美靜　我怎麼知道。想一下難過的事情吧。

林士豪　好。

沉默，兩人閉上眼睛。

林美靜　一點感覺都沒有。

林士豪　我也是。（頓）不然……你罵我看看。

林美靜　你是白痴嗎？

林士豪　幹麼啦？

林美靜　你不是要我罵你。

林士豪　喔，那你繼續。

林美靜　你這個不男不女的死人妖！真不知道你媽為什麼要把你生下來，你以為你自己很厲害嗎……我跟你說，你超廢的，而且你一點都不可愛，你家小黃都比你可愛。

林士豪　感覺你是真的想罵我。

林美靜　我才沒有，我是在幫你。

林士豪　好啦繼續。

林美靜　（頓）你這個智障，你爸一定會很難過怎麼會有你這個陰陽人兒子，不男不女！如果我是你爸，我一定每天都在哭，真的太丟臉了，而且還每天被關在廁所裡面……你——

林士豪低頭啜泣。

林美靜　欸，你……我……是不是太過分了……？

林士豪　（啜泣）爸爸……爸爸……我……。

沉默。林美靜抱住林士豪，不時用手摸摸他的頭。

林美靜　有好一點嗎？

林士豪　嗯。

林美靜　你有點嚇到我了。

林士豪　不是……本來就是要哭嗎？

林美靜　可是你突然……這樣、好可怕。

沉默。

林士豪 換你。

林美靜 來吧。

林士豪 （頓）你這個……男人婆……自以為……愛說髒話，所以就很……沒品、沒……水準——

林美靜 （打斷）你真的好爛。

林士豪 白痴……嗯……笨蛋……豬頭——

林美靜 （打斷）好無聊喔。

林士豪 我真的不會啦。

林美靜　不然……你打我好了。

林士豪　（頓）我不要。

林美靜　快點啦，打我。

林士豪　我不要啦！我不喜歡。

林美靜　你不打我我就要打你了喔。

林士豪　走開。

林美靜伸手打林士豪。

林士豪　走開啦！不要弄我。

林美靜　快打我嘛，快點。

林士豪　我不要。

林美靜　你不打我我要使出大絕招了喔。

林士豪　不准！不要！

林美靜伸出雙手搔林士豪癢。

林士豪　哈哈哈……不要用啦……哈哈哈……走開啦！我……走開啦……。

林美靜　你再不打我我就繼續搔你癢喔。

林士豪　不要啦……我不想……。

林美靜　快嘛！快點！

林士豪　走開啦……走開……我說……走開！

林士豪用力地推開林美靜，林美靜整個人跌在地板上，臉撞到了桌子。

林美靜　痛……痛……。

林士豪　對不起、對不起，你還好嗎？

林美靜　痛……。

林士豪　我看一下。（走過去伸手抬起林美靜的頭）流血了……怎麼辦？

林美靜　好痛……可是好爽。

林美靜笑了起來，嘴角有血痕，邊哭邊笑。

林士豪　你笑什麼？

林美靜　沒有啊，很開心啊。

林士豪　開心什麼？

林美靜　沒有什麼……。

林士豪 你好奇怪喔。

林美靜 （把血抹一點在食指上，放到林士豪臉前）要不要聞聞看血的味道。

林士豪 不要。

林美靜 快啦！聞一下。

林士豪 我不要啦。（頓）你走開喔。

林士豪開始逃，林美靜開始追，兩人在場內嬉笑繞圈。

跑了幾圈後，兩人氣喘吁吁地坐在地板上。

林美靜　你好爛喔，連這個都不敢。

林士豪　不是不敢……是我不想，好嗎？

林美靜　其實真的滿痛的欸。

林士豪　對不起嘛。

林美靜　我又沒怪你。

林士豪　真的？

林美靜　真的啦。

林士豪笑了起來。

林美靜　笑什麼？

林士豪　你哭的樣子超醜的。

林美靜　你真的很賤。

林士豪　我開玩笑的啦。（頓）所以……接下來是什麼？

林美靜　我看一下，（拿起紙條）要跳舞。

林士豪　蛤……感覺好尷尬喔。

林美靜　哪會。

林美靜把ＣＤ放進播放器裡面。

林士豪　這東西也太舊了吧。

林美靜　沒辦法啊，我手機裡面又沒有，家裡只有這臺。你不要煩啦、我要放了。

林美靜按下播放。The Demensions的〈My Foolish Heart〉進。

林士豪　這什麼歌？

林美靜　My Foolish Heart。

林士豪　（頓）完全沒聽過。

沉默。兩人安靜聆聽音樂。

林美靜　以前我媽很愛聽這首歌，在她生病之前，早上起來她就會放這首歌，煮早餐給我們吃。（頓）很好吃，比外面的都好吃。

林士豪　真的喔？

林美靜　真的，她還會打果汁喔。

林士豪　（頓）感覺一定很幸福。

林美靜　（頓）如果媽媽沒生病的話我一定叫她也煮給你吃。

沉默。

林美靜　來、來跳舞。

林士豪　不要啦。

林美靜　來嘛！起來。

林美靜拉起林士豪。

林士豪　怎麼跳？

林美靜　隨便跳啊，像電視上那樣。

林士豪　你會嗎？

林美靜　很簡單啦，來，你右手牽我左手，左手放在我腰這邊。

林士豪笨拙地把手放到林美靜身上。

林美靜　跟著節奏，你聽，澎恰恰、澎恰恰、澎恰恰。

林士豪　我不會啦。

林美靜　沒關係，你跟著我就好。

兩人在場內隨著音樂輕輕地轉圈，直到音樂結束。

沉默。

林美靜　媽媽以前有教過我們。

林士豪 難怪。

林美靜 我跟姊姊有時候無聊就會這樣在房間裡面跳舞。

沉默。

林士豪 你會很想她嗎？

林美靜 （頓）一點點。

沉默。

林士豪 你覺得她現在會在哪裡？

林美靜　（頓）我不知道。

沉默。

林士豪　那，你覺得你們之後會見面嗎？

林美靜　應該……會吧。

林士豪　你們有約好了？

林美靜　約什麼？

林士豪　約好之後要在哪裡見面啊。

林美靜　怎麼可能。

林士豪 好可惜喔。

林美靜 但我覺得我們今天一定會見面的。

林士豪 真的嗎？

林美靜 我不管。

林士豪 我也覺得你們會見面。

林美靜 說不定我們可以一起聊天啊。

林士豪 我又還沒答應你。

林美靜 你都留下來這麼久了。

林士豪 可是——

林美靜　（打斷）想想他們是怎麼對你的吧。你都忘了喔？

林士豪　記得啊，怎麼可能會忘。

林美靜　那你現在還在想什麼？

林士豪　我只是在想……會不會有其他可能。

林美靜　什麼可能？

林士豪　除了死以外的可能。

林美靜　沒有了。

林士豪　你怎麼知道。

林美靜　我就是知道。

林士豪　可是……說不定這些之後都會改變啊。

林美靜　（大吼）不會改變了你到底懂不懂啊？我們就是這樣子了一輩子就是這樣子了！什麼都不會再改變了！你到底懂不懂啊！你真的覺得別人會放過我們嗎？不會！我們一輩子就只能是這樣子了！

林士豪　（頓）好啦，我知道……你不要這麼大聲嘛，我會怕。

林美靜　（大聲）我哪有大聲啦。

沉默。

林美靜　傷口還會痛嗎？

林士豪　一點點。

林美靜　（頓）一起走吧？

沉默。

林美靜　至少這樣……我們都還有人陪。

林士豪　你知道嗎？公民老師之前其實也有叫我陪他跳舞。

林美靜　是喔？

林士豪　他會在他家放音樂，然後把我從椅子上拉起來抱住我。

林美靜　然後呢？

林士豪　他會把我的衣服脫掉。

林美靜　他有說為什麼嗎？

林士豪　沒有，但我不敢反抗。

林美靜　為什麼？

林士豪　因為……我怕……。

林美靜　你怕他打你喔？

林士豪　不是。他不會打我。

林美靜　那不然？

林士豪　（頓）我之前明明就有跟你講過。

林美靜 是噢，我忘了。

林士豪 你都這樣。

林美靜 我記性很差啦，你快點講。

林士豪 （頓）我怕……沒有人會像他對我一樣好了。

停頓。

林美靜 你想太多了。

林士豪 才沒有。

林美靜 你有我啊。

林士豪　最好啦。

林美靜　（頓）之後……你就不用怕了。

停頓。

林士豪　真的嗎？

林美靜　真的、我保證。

沉默。林美靜看著林士豪的眼睛。

林士豪　幹麼？

林美靜　你知道最後一件事，是什麼嗎？

林士豪　不知道。

林美靜　親親。

停頓。

林士豪　我不要。

林美靜　來嘛。

林士豪　不要啦。

林美靜　就一下、一下。

林士豪　吼……。

林美靜　拜託。

林士豪　（頓）好啦。（頓）但……就一下喔。

林美靜　好。

林美靜看著林士豪，準備要親下去的時候，林士豪笑了起來。

林美靜　你幹麼啦？

林士豪　對不起嘛，我真的忍不住。

林美靜　你很煩耶。眼睛閉起來啦。

林士豪　好。

林士豪閉上眼睛，林美靜緩緩地親了上去，長長的一個深吻。

林美靜把嘴唇移開，林士豪張開眼睛看著她。

林美靜　喜歡嗎？

林士豪　不是說好一下而已嗎？

林美靜　這就是我的一下。（頓）怎樣？

林士豪　什麼怎樣？

林美靜　好不好親？

林士豪　哪有什麼好不好的。

林美靜　這是你的初吻嗎？

林士豪　不是。老師之前也會一直親我。

林美靜　老師真的好煩喔。（頓）那，他跟我的誰比較好親。

林士豪　他的。

林美靜　屁啦。

林士豪　真的，你嘴唇很乾。

林美靜　（頓）乾你娘。

沉默。兩人坐在地板上。

外頭傳來雨聲。

林士豪 欸，你生氣喔？

林美靜 我幹麼因為這種無聊的事情就生氣啊。

沉默。

外頭雨聲變得愈發滂沱。

林美靜 那……要來了喔？

林士豪　等一下，你聽。

林美靜　（頓）什麼？

林士豪　下雨了。

停頓。兩人聽著雨聲。

林美靜　你不是說這幾天不會下雨？

林士豪　那是我媽跟我說的。

林美靜　你媽真的很愛裝懂。

林士豪　還好啦。習慣了。

林美靜 難怪你會這麼想你爸。

林士豪 當然。他是世界上對我最好的人。

沉默。

林士豪 欸，我問你哦，你知道冥王星嗎？

林美靜 （頓）幹麼突然提這個？

林士豪 你剛自己要講到我把拔的。

林美靜 這跟你拔又有什麼關係？

林士豪 你先回答我嘛。

林美靜　我知道啦，但沒有很熟。

林士豪　我把拔之前跟我說過，冥王星是一個離地球很遠很遠的行星，你知道它代表什麼嗎？

林美靜　什麼？

林士豪　（頓）重生。

沉默。

林士豪　那個時候我也沒有很懂這是什麼意思，但，我爸爸很少跟我說這麼多話。

林美靜　我爸媽也是。

林士豪　爸爸死掉的前一天晚上，我有去醫院看他，他變得好白喔，就像雪一樣。

林美靜　你又沒有看過雪。

林士豪　你先聽我說嘛。

林美靜　好啦。

林士豪　你記不記得我剛剛有問你一個問題？

林美靜　什麼？

林士豪　我問你說，你跟你姊有沒有約好要在哪裡見面。

林美靜　蛤？

林士豪　我跟我爸爸有約好了。

林美靜　哪裡？

林士豪　冥王星，他說他會在上面等我。

停頓。

林美靜　騙人。

林士豪　真的。

林美靜　最好你死掉會到冥王星啦！我不相信。

林士豪　我爸爸跟我說的，真的。

林美靜　你活著的時候都沒去過了，死掉更不可能啦。

林士豪　真的啦，他說只要我們很努力、很努力就一定可以。

林美靜　努力什麼？

林士豪　就……反正就是這樣啦。

林美靜　好啦，我相信啦。

林士豪　（頓）之前被別人欺負的時候，我都會一個人坐在外面看星星。（頓）我一直都覺得爸爸也會在天上看我。（頓）可惜現在下雨，應該是看不到星星了。

沉默。

林士豪 你記不記得去年的一個新聞？

林美靜 什麼新聞？

林士豪 冥王星被除名了。

林美靜 是喔？我沒看到，我爸媽不准我看電視。（頓）然後呢？

林士豪 沒有然後。

林美靜 所以是為什麼？

林士豪 我也忘了，我只……我只記得我看到那個新聞的時候哭了好久。

林美靜 愛哭鬼。

林士豪 但後來想想，好像這樣其實也滿好的。

林美靜 為什麼？

林士豪 因為這樣爸爸就不用管這裡的事情了啊。

林美靜 是這樣分的喔？

林士豪 我不管。（頓）而且……這樣之後我們就可以一起躲在上面，不被別人發現。

林美靜 那……我也可以去嗎？

沉默。

林美靜 幹麼，不給去喔？

林士豪 沒有啊……只是……。

林美靜 只是什麼？

林士豪 （頓）好啦，一起去。

林美靜 你說的喔！

林士豪 真的。

沉默。

林美靜　那……如果你找到你爸了，你還要回來嗎？

林士豪　不知道。

林美靜　什麼不知道，如果你不回來，我怎麼辦？

林士豪　你可以跟我們一起待在上面啊。

林美靜　可是……我們的約定呢？

林士豪　說不定爸爸會跟我們一起回來啊。

林美靜　真的嗎？

林士豪　我們一起說服他。

林美靜　你說的喔。

林士豪　我不騙人的。

林美靜　那，打勾勾。

林士豪　好。

林美靜伸出手和林士豪打勾勾。

林士豪　那裡一定很漂亮。

林美靜　至少一定比這裡漂亮。

沉默。

林美靜　我跟你說一個祕密好不好。

林士豪　（頓）什麼？

林美靜　你看一下裙子的口袋。

林士豪　（伸手進口袋裡翻攪，拿出一個夾鏈袋）這是什麼？

林美靜　我姊的頭髮。

林士豪尖叫一聲，夾鏈袋掉到地上，林美靜馬上撿了起來。

林美靜　你幹麼啦。

林士豪　你才幹麼，為什麼要帶這種東西在身上？

林美靜　什麼叫「這種東西」。

林士豪　本來就是這種東西啊。（頓）你去撿來的喔？

林美靜　嗯、在她房間的地板上。

林士豪　你撿這個幹麼？

林美靜　（頓）我不知道。

沉默。林美靜低頭啜泣。

林美靜　我一直覺得是因為我……她才會……。

林士豪　才不是，你又來了。

林美靜　可是……如果那天沒有那樣的話……說不定她就不會……。

林士豪　那是她自己要的，跟你又沒關係。而且那天是她主動親你的，不是嗎？

林美靜　對啊，可是……。

林士豪　（打斷）那就對了啊，那是她自己想要的，所以不是你的問題。

林美靜　但是……都是因為我，她才會被爸媽……然後她才會……一定都是我害的……。

林士豪　（打斷）才不是這樣！

林美靜　不然是怎樣？

林士豪　（頓）我也不知道。

沉默。

林士豪　所以你都隨身帶著這個？

林美靜　嗯。

沉默。

林士豪　他們現在一定都很快樂的吧？

林美靜　我不知道。

沉默。

林士豪　來吧。

林美靜　什麼？

林士豪　我準備好了。

停頓。

林美靜　真的？

林士豪　真的。

林美靜大力地擁抱林士豪。

林士豪　所以接下來，是要吃藥嗎？

林美靜　對，吃完藥以後我們兩個人躺下來手牽手，這樣就可以了。

林士豪　還要牽手喔？

林美靜　怎樣？不想牽喔？

林士豪　沒有啦。（頓）你好滿快的嘛。

林美靜　閉嘴啦。（頓）我阿姨說牽著手就會一起走，到時候我們才可以一起去找你爸。

林士豪　（頓）是喔，好吧。

林美靜從桌上拿起藥罐，搖一搖，把藥倒在手上，數了一下。

林美靜　完了。

林士豪　怎麼了？

林美靜　藥好像不夠。

林士豪　真的假的啦？

林美靜　我幹麼騙你。這樣的數量如果分兩個人吃的話可能會不夠，說不定會都死不了還要去住院。

林士豪　蛤……那怎麼辦？

林美靜　不知道。我現在如果回家拿一定就出不來了。

林士豪　那，不然就明天再來吧。

林美靜　不可以！明天你一定就會變心了。

林士豪　才不會。

林美靜　我不相信。我來想個辦法。

沉默。

林士豪　想到了嗎？

林美靜　吵死了，不然你來想啊。

沉默。

林士豪　你快一點啦，我怕……算了。沒事。

林美靜　怕什麼？

林士豪　沒有。

林美靜　明明就有，你快說。

林士豪　就……其實……我剛剛……有打電話給公民老師——

林美靜　（打斷）公民老師？你打給他幹麼？

林士豪　我跟他講我們這裡的事。

林美靜　你是白痴還是智障啊？你到底有什麼毛病？

林士豪　是你剛剛回家的時候打的啦，我怕你會出事嘛。

林美靜　多久了？

林士豪　大概半小時前吧。

林美靜　他有接嗎？

林士豪　沒有，我留語音信箱。

林美靜　幹……你手機拿來，快點。

林士豪 在你口袋裡。

林美靜 （從口袋裡拿出手機）幹！六通未接。

林士豪 我明明沒有關鈴聲啊……怎麼會？

林美靜 這是重點嗎？我真的很受不了你欸，你為什麼什麼事都要找別人啊，你就沒辦法自己解決嗎？

林士豪 解決什麼？

林美靜 你要為自己負責啊，你以為你永遠都可以有別人幫你嗎？

林士豪 （頓）對不起嘛。

林美靜 他應該已經在路上了，我們要快一點。我再問一次，你是確定要這麼做嗎？

林士豪 確定。

林美靜 你自己要才要喔，不要搞得好像是我逼你的，到時候怎麼樣，又在那邊怪東怪西。

林士豪 我是真的想要。

林美靜 好。

林士豪 那我們現在……？

林美靜 你剛都沒在想嗎？白痴。（頓）好啦不然這樣，你先把我悶死，然後再去吃藥，ＯＫ嗎？

林士豪　我不敢啦。

林美靜　怕屁喔。你只要睡一下就好了，我還要被悶欸。你剛都這樣還敢在那邊廢話一堆。

林士豪　可是……我會怕。

林美靜　哪有什麼好怕的，不就壓住我就好了。

林士豪　可是——

林美靜　（打斷）不要什麼可是不可是了，做就對了。

沉默。

林士豪　好啦。

林美靜　那……（身脫掉上的外套丟給林士豪）用這個。

林士豪　（頓）好。

沉默。

林美靜走去躺下。

林美靜　來吧。

沉默。

林美靜 快啊！你在等什麼？

林士豪 我……好啦！來吧。

林士豪拿著外套顫抖地走過去，他把外套輕輕蓋在林美靜的頭上。

林美靜 然後，用身體壓住我。

林士豪 （頓）好……。

林士豪開始啜泣。他緩緩蹲下，用手壓在外套上。

林美靜的身體開始掙扎，林士豪馬上彈開，把外套拿走。林美靜臉部漲紅，大口喘氣。

林美靜　你……幹麼啦。

林士豪　我……我真的沒辦法。

林美靜　到底有什麼好怕的。

林士豪　（頓）我……我不知道。

沉默。

火車聲經過，林士豪整個人蹲在地板上，雙手抱頭。林美靜起身抱住他，用手撫摸他的頭。

林美靜　不要怕……不要怕……沒事了……沒事了。

火車聲結束，林士豪失重般地倒在林美靜身上，林美靜不堪負荷，兩人跌坐在地上。

沉默，兩人喘氣著。

林美靜　下次再有火車經過的時候你就要想，是爸爸要來帶你走了，你要去冥王星了……也不會再有人在火車經過的時候打你了。

沉默。

林士豪　換我先好不好。

沉默。

林士豪　拜託。

林美靜　（頓）好啦。

林士豪　那你讓我準備一下。

林美靜　是要準備什麼？

沉默。

林士豪閉起眼睛，嘴巴碎唸著，沒有發出聲音。

林美靜　你在幹麼？

林士豪　我在跟爸爸講話。

林美靜　講什麼？

林士豪　祕密。

林美靜　跟我說。

林士豪　不要。（躺在地板上）好了，來吧。

林美靜　（頓）你連這個都不跟我說。

林士豪 說了就沒用了。（頓）快點。

林美靜 （頓）好啦。

林美靜把外套拿起來，蓋在林士豪臉上。接著，她用雙手壓住林士豪的頭。突然想起什麼似地，她站了起身。

林士豪 怎麼了？

林美靜 等我一下。

林美靜走過去按下播放器。The Demensions 的〈My Foolish Heart〉進。

林士豪　幹麼？

林美靜　這樣比較不會痛。

林士豪　哪有差。

林美靜　噓，不要講話，聽。

沉默。

林美靜　準備好了嗎？

林士豪　嗯。

林美靜　那……要來了喔？

林士豪　好。

林士豪躺下，用外套蓋住頭。

林美靜走過去，把外套拿起來。

林士豪　怎麼了？

林美靜　沒事。

沉默。林美靜看著林士豪。

林士豪　你這樣好奇怪。

沉默。

林美靜 我們這樣做……應該是對的吧？

林士豪 你也會怕喔。

林美靜 我不知道。

林士豪 怕什麼？

林美靜 （頓）不知道。

沉默。

林士豪　不然我們還能怎麼辦？

沉默。

林士豪　不要怕。

林美靜　（頓）嗯。（頓）你也是。（頓）忍一下就好了。

林士豪　我知道。

林美靜　我很快就會去找你。

林士豪　好，我等你。（頓）我跟爸爸一起。

林美靜　嗯，跟你爸一起。（頓）下輩子……一切就都會不一樣了，對吧？

林士豪　嗯，會完全不一樣，下輩子你就真的會是林士豪了。

林美靜　你也總算可以當林美靜了。

沉默。

林士豪　好了，來吧。

林美靜　好。

林士豪用外套蓋住臉，林美靜用盡身體力氣壓在他頭上。

林美靜的身體突然癱軟，她撇過頭，雙手已經沒有力氣，只得用上身重量壓在林士豪頭上。

林士豪雙手開始掙扎，林美靜不敢看。林士豪持續掙扎，直至全身失去力氣。

林美靜癱軟在地板上。

林美靜吃力地起身，雙手顫抖地去把外套拿起來，再伸出手去測林士豪的鼻息。沒有呼吸。林美靜開始乾嘔。

林美靜爬著去拿桌上的安眠藥，把安眠藥全部倒在手上，再從包包裡拿出一罐寶特瓶裝水。她喝了一口水，顫抖的雙手讓許多水溢出，從她的脖子流至她的上身。她被水嗆到，開始咳嗽，手上的藥因而散落一地。

林美靜邊咳邊把藥一顆一顆撿起來。

林美靜看著手上的藥，把它們全部塞進嘴巴裡面。她試著吞嚥，卻吞不下去。林美靜被藥嗆到，開始咳嗽，並把藥全部吐出來，臉上都是眼淚。

林美靜看著地板上的藥，渾身發抖。

林美靜用盡全身的力氣逃了出去，門沒有關，外面傳來火車經過的聲音。

——劇終——

創作後記

受傷的刻痕

多年後，突然收到久未聯繫的S的私訊，很是詫異。

上一條訊息，是邀約合作的招呼。多年過去，由於我時常在個人專頁中，以國中時所感受到的霸凌經驗來書寫《冥王星》的前導介紹，他私訊了我，指責我，明明曾經也是霸凌者，卻不自知，還持續消費這樣的個人經驗——

收到訊息的當下，我愣了好一陣子。

我開始思考，過往相處時，是不是真的做了什麼傷害到他的事情？我嘗試追問，他向我闡述了那件讓他感到受傷的打鬧行為（為尊重當事人的情緒，避免二次傷害，請容我不贅述事件細節）。而我在收到他訊息的當下才發現，我自以為是拉近關係的玩樂舉動（那時的同伴們似乎都經過類似的打鬧過程——包含我也曾被如此對待——但他不曾參與），對他而言，原來是至今仍無法忘卻的創傷。

向他道歉後，他封鎖了我。自此我反省了好一陣子。我開始質疑自己，曾經大張旗鼓地發出的那些聲明，是不是也是一種偽善，畢竟，曾經的我，也對他人造成過傷害。

國中那些嘲笑我的聲音，在背後以我的體型和性別氣質來嘲諷我的人；在我高中大張生日卡片上寫下「死人妖」三字的不熟的隔壁班同學；替代役和我同間寢室，開玩笑跟他人說和我一同搭高鐵要小心的役男……多年之後，這些行為影響了我的自我認同及自我價值定義，在我身上劃下刻痕。但反覆讀過S的訊息後，是否，我也該換個角度思考——或許那些行為，並非他們當下所意；有的時候，某些作為是群體性的，是有其背後脈絡的，或許是教育，或許是同儕……可是過去無法回溯，再怎麼做，也無法改變曾經造成的傷害；無論是我對他人，還是他人對我皆然。

如果有機會的話，我希望自己能更細緻地向他道歉。我想向他說明，如果那個當下，我更敏感、更細心，可以觀察到他所展現出來的不悅，或者，若我對玩笑和打鬧的邊界有更好的認知，甚至理解到彼此關係的親密程度其實不足以容納這樣的打鬧，我絕對不會做出這樣的行為；而或許，那些曾經嘲笑過我的人，只要多點經驗，多和不同的人相處，可能也不會做出類似的事情……。

雖然，這並不改變我曾經傷害過他人，亦曾被他人傷害過的事實，但意識到這件事情後，我不再認為這個世界對我充滿惡意，因為我發現，我也是曾經對別人造成過苦痛的人。我也完全可以理解，對S而言，我的行為在他的人生中造成什麼樣的影響。

我感激S願意揭開瘡疤向我仔細說明，讓我得以反省過往曾經對他人造成的傷害，也讓我得以看到了另一個事實。謝謝他讓我理解到，人生的線路是一條有去無回，且持續向外輻射的直線，我們會碰到不同的人、觸及到不同的故事，我們都有可能在不經意之中，成為某個故事裡的壞人。為此，我戒慎恐懼，期盼不再於他人身上劃下刻痕。

出版後記

即使過時、即使自私，仍然要把片刻所想，透過故事，化成永恆

多年後，當這個作品再次重演，我們不得不面對作品所謂的「過時」風險——裡頭所談論的性別及認同議題，在同婚已然合法的這個現在，是否早已不再是討論的重點？面對這樣的

提問，我和團隊開啟了諸多討論。最終，我們決意維持文本原樣，不做太大的更動；我們意欲再現作品的初始樣貌，以作為對於過往的一種紀錄——在創作的那個當下，這個世界確實是這個樣子；曾經有人，確實經歷著類似的故事。

值得慶幸的是，這些「過時」，或許也代表著，社會在面對此類議題，無論是討論風氣或者面相及深度、廣度，正朝著我們所期許的方向改變、前進。這令我寬慰，好似過往那個惴惴不安的自己，也得到了一種安撫：至少我可以對六年前的我說，那時候我所擔心的、關注的，現已不需如此惶恐；在平權的這條路上，我們移動得雖然緩慢，但終歸是有持續向前邁進……我多希望自己的所有創作，都有「過時」的那一天，因為那就表示，這些我所在意的、糾結的，甚至因此而哀傷困苦的種種議題，在眾人的努力之下，已不再是個「議題」，反而是許多許多的日常。

這樣看來日常的討論，對那時候的我，卻彷若某種幽魂，持續侵擾著我的生活。於是，我帶著多年來陪伴著我長大的某種「傷痕」，創作出這個作品。彼時，尚未有過多作品演出經驗的我，憑藉著某種不顧一切的執念，把自身投注在角色及故事之中。嘗試用故事，與這個世界對話、向世界訴說我所思所想。即使那些事情，對外人來說可能更像是個人糾結，或是私人的情感投射，我仍舊意欲將內心那最脆弱的自己，透過書寫、整理，製成一個個故事，以與那些，曾經有過類似經驗感受的人對話。

終說寫作是自私的，即使有想要闡述的議題，那也都是「我」這個主體，在那個當下所在意的事——寫了一個，總會有其他議題被遺漏。也因此，唯有直面這樣的「自私」，才能真正誠實地面對個人的創作，再從這樣的「自私」裡，尋找和世界對話的方式——八年前的我，面對著的是，婚姻平權法案的公投，而社會持續提到的是，那個沒有再醒來的玫瑰少年……我將這些困苦，連結自身的故事，完成了這個作品，嘗試與過去的我對話，並在一次次的演出裡，持續對於自己活著這件事情感到慶幸——都是因為自己活了下來，才有機會創作出這個劇本，也才有機會在演出的八年後，獲得這個機會可以出版。

謝謝逗點文創結社，讓我得以出版這個作品；謝謝夏民總編輯對於一切的規劃和建議，讓我重新面對這個作品；謝謝僻室HousePeace的夥伴們，因為你們的信任，讓我得以有機會完成作品，在眾人齊心之下，至各地搬演；謝謝子敬、靜依、書函，即使初稿充滿問題，你們仍舊悉心研讀，找到修改至更好的可能性。謝謝當初那個堅持下來的自己，讓我得以繼續看到更多風景、說出更多想說的話。謝謝正在讀這本書的你，希望這些文字，能夠成為你日常裡的小小慰藉，甚至生成一些鼓勵和勇氣，像這些故事陪伴著我那樣，持續陪伴著你。

冥王星 Somewhere out there

演出文本共同討論、修整：林書函、吳子敬、吳靜依、陳弘洋

首演團隊

二〇一六年　第九屆臺北藝穗節

手放開工作團隊×追困實驗室

編　　劇　陳弘洋

導　　演　吳子敬

製 作 人　魏聆珛

舞台監督　蔡傳仁
舞台設計　周易儒
技術設計　陳重源
燈光設計　吳峽寧
服裝設計　劉　農
平面設計　潘又瑞
音樂設計　楊世暄
劇照攝影　陳俊男
演　　員　林書函、吳靜依

演出紀錄

二〇一六年八月　首演　臺北空場 Polymer

二〇一六年十一月　臺南加演場一　百達文教中心

二〇一六年十一月　臺南加演場二　祉依然藝術文化空間

二〇一七年八月　藝穗十年榮耀歸演　華山烏梅酒廠

二〇二二年十一月　僻室 House Peace 星際計畫 第 1 號作品 2022
復刻再現　牯嶺街小劇場一樓

言寺 99

冥王星

作　　者　陳弘洋
責任編輯　郭正偉
書籍設計　陳昭淵
總 編 輯　陳夏民

出　　版　comma books
地址｜桃園市 330 中央街 11 巷 4-1 號
網站｜www.commabooks.com.tw
電話｜03-335-9366
總 經 銷　知己圖書股份有限公司
地　　址　台北公司｜台北市 106 大安區辛亥路一段 30 號 9 樓
電話｜02-2367-2044
傳真｜02-2363-5741
台中公司｜台中市 407 工業區 30 路 1 號
電話｜04-2359-5819
傳真｜04-2359-5493

製　　版　軒承彩色印刷製版有限公司
印　　刷　通南彩色印刷有限公司
裝　　訂　智盛裝訂股份有限公司
倉　　儲　書林出版有限公司

電子書總經銷　聯合線上股份有限公司

ISBN　978-626-7606-13-1
初版　2025 年 5 月
定價　新台幣 320 元

國家圖書館出版品預行編目 (CIP) 資料｜冥王星 / 陳弘洋編劇＿初版
桃園市：逗點文創結社｜2025.05_160 面 _10.5× 14.5cm （言寺 99）
ISBN 978-626-7606-13-1(平裝)｜863.54｜114002801

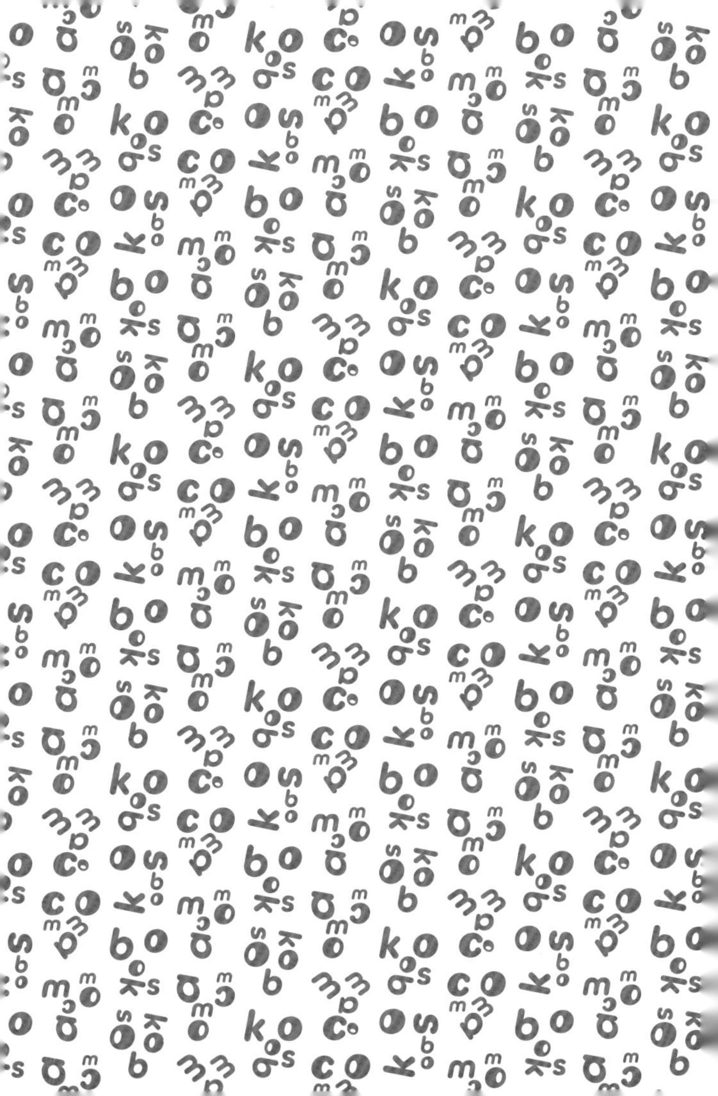

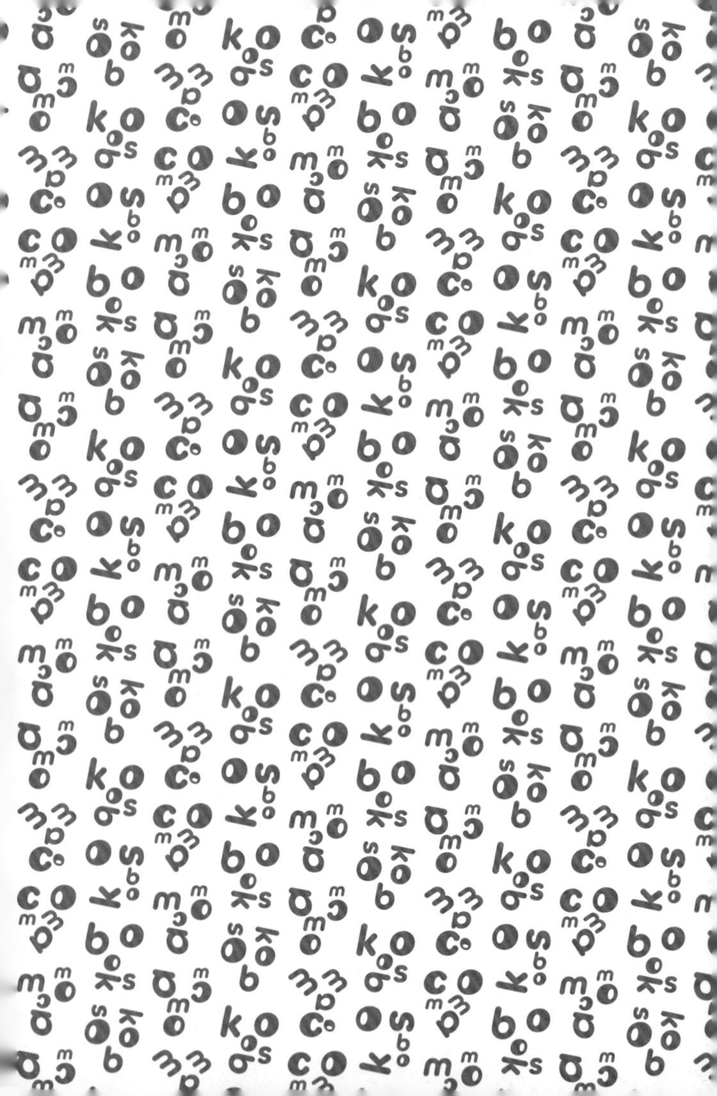